ラッパー川柳

愛妻の為に
広げた
美人枠

闘苦朗川柳句集

新葉館出版

ラッパー川柳

■目次

ラッパー川柳

まえがき

邪に溢れるボタン横に見て
詩心を探す闘苦朗
ＩＴ化どんどん進む世の中に
文は人なり　なんちゃって…
語る言葉は七五調
ラッパー川柳　川柳の詩
確と御覧あれ

ラッパー川柳

ラッパー川柳

色

うっすらと会社の色に染まる顔
うっすらと彼氏の色に染まりかけ

使えない上司が部下を扱き使う

使

使えないボタンが僕を弾き出す

故障した機械に有った黙秘権

故

故障した機械に有った自己主張

マニュアルの列へ駆け込む終電車

列

マニュアルの列に並んだ入社式

ポイ捨てのガムが通勤靴に付く

捨

ポイ捨てのガムが自分にへばり付く

休み明け俺を待ってた逮捕状

休

休み明け俺を待ってるラブレター

悪妻へ今日のスタミナ補給する

悪

悪妻に明日のスタミナ吸い取られ

負けてないが有る

負けてない妻がいる
負け犬にまだ負けてない妻がいる

負

負け犬にまだ負けてない意気が有る

適温の違いコソコソ渦を巻く

適

適温の違い不安の渦を巻く

不特定多数の渦に目が回る

多

不特定多数の波を被る顔

清算のできない顔に皺が寄る

顔

清算のできない顔に吹出物

良い人に皆が見えるメガネ掛け

皆

良い人に皆が見える輪に嵌まる

混ぜないで下さい毒を持つ人と

混

混ぜないで下さい金の無い人と

落ち込んだ穴の家賃を求められ

穴

落ち込んだ記念の穴を掘っている

入口にボタン並べてある関所

入

入口にボタン並べてある不安

ロマンスの噂流れる集会所

噂

ロマンスの噂流れた水溜まり

イメージの凍り付いてるツーショット

凍

イメージの凍り付いてるあの日の子

火

青春の火の手が上がるクエスチョン

青春の火の手を上げる問題児

懐かしさ込み上げて来る初対面

懐

懐かしさ込み上げて来る終電車

憧れが散らばっているオモチャ箱

憧

憧れを仕舞い忘れたオモチャ箱

川柳の詩

駅員

サービスへプライドが磨り減っていく
お客様は神様とあるマニュアル書
命令に耳を塞いでいるムンク
デパートへ不正乗車の客を追う
不特定多数のヒトリ轢死体
駅員と駅係員と少と違い
不特定多数の客と一人きり
駅員の形に変わる改札機
なんとなく人の流れに流される
制帽の形に変わる頭蓋骨

サービスへプライドが磨り減っていく
お客様は神様とあるマニュアル書
命令に耳を塞いでいるムンク
制帽の形に変わる頭蓋骨

駅員の形に変わる改札機
制帽の形に変わる頭蓋骨

サービスへ
プライドが
磨り減っていく

制帽の
形に変わる
頭蓋骨

顔

落ち込んだ顔を染み染み観る鏡
どうしたら良いか納得いかぬ顔
清算をされない顔の染み数え
ダメージの精密検査した鏡
自画像にプライドを塗り込んでいる
もういいかこんな顔でも良い余生
イメージの自己診断へ他人の目
顔色が悪く考え込んでいる
この顔が今の俺かと見る鏡
持て過ぎて文句あるかと友と会う

落ち込んだ顔を染み染み観る鏡
もういいかこんな顔でも良い余生
イメージの自己診断へ他人の目
この顔が今の俺かと見る鏡

どうしたら良いか納得いかぬ顔
この顔が今の俺かと見る鏡

どうしたら良いか
納得いかぬ顔

この顔が
今の俺かと
見る鏡

天気

天の気を気宇壮大に深呼吸
停滞をする前線に引き籠もる
ひきこもる心に濃霧注意報
ゲーム中ゲリラ豪雨が屋根を打つ
雷を落とした父が寝込む鬱
七人の敵の嵐へ防護服
リストラの希望へ妻の低気圧
眈眈と台風の眼に成っていく
負の遺産高まる地球温暖化
エコライフやさしい人と架ける虹

天の気を気宇壮大に深呼吸
ゲーム中ゲリラ豪雨が屋根を打つ
七人の敵の嵐へ防護服
眈眈と台風の眼に成っていく

停滞をする前線に引き籠もる
ひきこもる心に濃霧注意報

ひきこもる
心に
濃霧注意報

天の気を
気宇壮大に
深呼吸

引き籠もり

ひきこもる一間へ転がったエラー
知恵の実が成った大樹が枯れている
マイホーム小さな庭に咲く百花
ひきこもりひとりぼっちの毒に酔う
黙り込む劣等感の塊で
ひきこもり外へ栄養不足の身
デジタルに気触れてしまうボタン押し
手元から空気一変したエラー
エンジェルのパネルを掛けている小部屋
ひきこもる窓へ微笑むお月様

ひきこもる一間へ転がったエラー
黙り込む劣等感の塊で
エンジェルのパネルを掛けている小部屋
ひきこもる窓へ微笑むお月様

ひきこもりひとりぼっちの毒に酔う

ひきこもり外へ栄養不足の身

ひきこもる一間へ
転がったエラー

ひきこもる
窓へ微笑む
お月様

不安

不自由な不安感じている居場所
なんとなく不安でそれとなく怠い
自画像の目と眼が合って苦笑い
それとなく顔に出て来る負の記憶
精神の背骨を曲げている不安
つまらない思いが重く伸し掛かる
透明に成れない俺に有る不安
イメージがゆらゆら俺が揺れている
きっぱりと自己責任と書く日記
精神を統合できたビッグバン

不自由な不安感じている居場所
透明に成れない俺に有る不安
イメージがゆらゆら俺が揺れている
精神を統合できたビッグバン

なんとなく不安でそれとなく怠い
それとなく顔に出て来る負の記憶

透明に
成れない俺に
有る不安

精神を
統合できた
ビッグバン

デジタル対話

解ってはもらえぬ口がかったるい
口元に劣等感の噴射口
対話するデジタル画面ぼけている
画面上悪と善とが僅差の差
アナログが画面面と対話して老ける
指先で仕事日毎にデジタル化
有終の美までの道路工事中
口下手で損をしてきた負の記憶
デジタルの四角四面の文字羅列
原稿を前に悲しい顔になる

解ってはもらえぬ口がかったるい
口元に劣等感の噴射口
アナログが画面と対話して老ける
原稿を前に悲しい顔になる

解ってはもらえぬ口がかったるい
原稿を前に悲しい顔になる

解ってはもらえぬ
口が
かったるい

原稿を前に
悲しい
顔になる

面倒臭い

対面へ面倒臭くなる面子
ダメージが四角四面の顔に出る
真実へ面倒臭くなる疑問
イメージが希薄で宙に浮いている
負け癖が拒絶反応する勝負
駄目元の許容範囲で有るマネー
勝つ事が面倒臭い負の記憶
照れ臭い自信喪失する空気
ヒトリキリ家庭の事情から籠もる
まあまあと別に父親への返事

対面へ面倒臭くなる面子
真実へ面倒臭くなる疑問
負け癖が拒絶反応する勝負
まあまあと別に父親への返事

対面へ面倒臭くなる面子
まあまあと別に父親への返事

真実へ
面倒臭くなる
疑問

まあまあと
別に
父親への返事

生命の窓

生命の窓へ太陽エネルギー
落ち込んだ自分の穴を出られない
アレコレと面倒臭くなる加齢
責任を取れる能力ぼけ始め
おもいでがいっぱい有って無い居場所
勝利への軌道に見放されている
なんとなく面倒になる自己主張
精神を安定させる座右の書
あちこちのお花畑に足が向く
有終の美の自画像の目の微笑

生命の窓へ太陽エネルギー
落ち込んだ自分の穴を出られない
なんとなく面倒になる自己主張
有終の美の自画像の目の微笑

生命の窓へ太陽エネルギー

有終の美の自画像の目の微笑

生命の
窓へ
太陽エネルギー

有終の美の
自画像の
目の微笑

人の間

おちこんでいる足下が揺れている
人の間の間が保てない木偶の坊
おちこんだ穴から俺が漏れている
人の間の間違い避ける引き籠もり
おちこんだ思いがぬっと出てしまう
人の間で間に合わされているマネー
おちこんだ透き間に吸い込まれている
人の間の空気を汚染した吐息
おちこんだ穴から穴へ虹を掛け
人の間に最新空気清浄機

落ち込んでいる足下が揺れている
おちこんだ穴から俺が漏れている
ヒトの間で間に合わされているマネー
人の間に最新空気清浄機

落ち込んだ穴から俺が漏れている

落ち込んだ透き間に吸い込まれている

落ち込んだ
透き間に
吸い込まれている

人の間に
最新空気清浄機

四苦八苦

四苦八苦している居場所四面楚歌
愛別離苦いっぱい涙ためた愛
一病と百歳目指し生きている
怨憎会苦パワハラ上司待つ会社
二人三脚妻の笑顔と老いている
求不得苦ネットのデマで消えた品
四の五のと言っている気が病んでいる
五陰盛苦五臓六腑を再検査
七転び八起き目の眼が死んでいる
四苦八苦していて悟る苦は楽し

四苦八苦している居場所四面楚歌

四の五のと言っている気が病んでいる

五陰盛苦五臓六腑を再検査

七転び八起き目の眼が死んでいる

愛別離苦いっぱい涙ためた愛

怨憎会苦パワハラ上司待つ会社

愛別離苦
いっぱい涙
ためた愛

四苦八苦
していて悟る
苦は楽し

発達障害

精神の芯を黄色にした苛め

ぼくだけの適温にして引き籠もる

発達へ障害有って無い悲哀

あなたとの温度差検知できている

精神の責任力の診断書

ハイタッチしない消毒液が無い

発達をしていく風と入れ換える

プライドの玉を磨いた秘密基地

精神が自動運転した夢路

発達をしていた朝の良い目覚め

ぼくだけの適温にして引き籠もる
プライドの玉を磨いた秘密基地
精神が自動運転した夢路
発達をしていた朝の良い目覚め

あなたとの温度差検知できている
ぼくだけの適温にして引き籠もる

あなたとの温度差
検知できている

発達を
していた朝の
良い目覚め

負け癖

七色の顔へ命の癖七つ
アレコレと自分の過去の粗探し
なんとなく気になってくる負の記憶
イメージが悪くなったと後退り
先送り見送り明日が暗くなる
目の前の空気が汚染され続け
原点の点に戻れる気がしない
負負負の負どうせおいらは負の記憶
プライドを置き去りにしたマイウェイ
負け癖と前へ迷いが深くなる

七色の顔へ命の癖七つ
アレコレと自分の過去の粗探し
負負負の負どうせおいらは負の記憶
負け癖と前へ迷いが深くなる

負負負の負どうせおいらは負の記憶

負け癖と前へ迷いが深くなる

七色の顔へ
命の癖七つ

負負負の負
どうせおいらは
負の記憶

一念

一念が分裂気味で気が滅入る

アレコレと気配り過ぎた気の病

定位置に気を置けなくて気を配る

アナログの美へ気を配るオリジナル

デジタルの機器へ気持が通じない

気が向いた時にオシャレをする美人

ファッショナブル娘に色気付く気配

気が付けばその日暮らしになって老い

それなりの才気で読んでいる空気

一念へ気迫で気持整理出来

一念が分裂気味で気が滅入る
アレコレと気配り過ぎた気の病
それなりの才気で読んでいる空気
一念へ気迫で気持整理出来

アナログの美へ気を配るオリジナル
デジタルの機器へ気持が通じない

定位置に気を置けなくて気を配る

それなりの
才気で
読んでいる空気

血の流れ

新鮮な血が流れ出す新天地
この先を何とかすると血が流れ
生命の水に蒸発注意報
見解の違いで注意されている
プライドの欠片が胸に突き刺さる
ふらふらと古臭くなる加齢臭
永遠を望遠鏡と垣間観る
太陽とのほほんといる昼の月
ぼんやりと見えて考え込んでいる
人生の現在地まで血が流れ

新鮮な血が流れ出す新天地
生命の水に蒸発注意報
太陽とのほほんといる昼の月
人生の現在地まで血が流れ

新鮮な血が流れ出す新天地
人生の現在地まで血が流れ

新鮮な
血が流れ出す
新天地

生命の水に
蒸発注意報

ショータイム

ショータイム自作自演で自画自賛
傷痕にスポットライト浴びている
包帯の影が舞台に浮き上がる
一枚の皮と二枚目三枚目
クエスチョンマークをずっと追っている
自分とは何かどうでも良い評価
包帯を巻いてあなたに会いに行く
スポットライト光と影のアラベスク
太陽の下で死ぬまで燃えている
包帯を解く孤独なショータイム

ショータイム自作自演で自画自賛
スポットライト光と影のアラベスク
包帯を巻いてあなたに会いに行く
包帯を解く孤独なショータイム

ショータイム自作自演で自画自賛
包帯を解く孤独なショータイム

包帯を巻いて
あなたに
会いに行く

包帯を解く
孤独な
ショータイム

私小説

精神の染を沁み沁み観る鏡
おちこんだ穴に鏡が落ちている
満杯へ不安詰まった頭蓋骨
ひっそりとひとりぼっちの穴を掘る
孤独死をコピーしている都市砂漠
ともだちで貧乏神が一人いる
死神と親しくなった小説家
わかってはもらえぬ僕が文字に化け
プライドとオンリーワンでいる居場所
精神を沁み沁み記す私小説

精神の染を沁み沁み観る鏡
満杯へ不安詰まった頭蓋骨
プライドとオンリーワンでいる居場所
精神を沁み沁み記す私小説

ひっそりとひとりぼっちの穴を掘る
ともだちで貧乏神が一人いる

精神の染を
沁み沁み観る鏡

満杯へ
不安詰まった
頭蓋骨

テレパシー

テレパシー信じた僕が馬鹿なボク
挫折した影キャンパスへ伸びていく
精神に包帯巻いて社会人
包帯の跡へ職場の苛めの輪
処方箋だけで終わった青春譜
千仞の谷で心の深さ知る
再発の幻聴軽く聞き流す
千仞の谷から獅子の空へ吠え
変だなと思う自分に希望見え
希望する心統合する心

テレパシー信じた僕が馬鹿なボク
精神に包帯巻いて社会人
千仞の谷で心の深さ知る
希望する心統合する心

精神に包帯巻いて社会人
包帯の跡へ職場の苛めの輪

テレパシー
信じた僕が
馬鹿なボク

千仞の谷で
心の深さ知る

あとがき

人間は一人では生きていけない
川柳は一句では生かしきれない

ラッパー川柳はハーモニーを。

川柳の詩は10句、4句、2句、1句をまとめて一編の詩とし、闘苦朗ワールドを楽しんでいただけたら幸甚に存じます。

二〇二〇年九月

闘　苦　朗

●著者略歴

闘　苦朗（とう・くろう）

元相鉄線駅員・短歌「心の花」会員
ＮＨＫ学園伊香保短歌大会　沼田市長賞
平成万葉千人一首「川柳」優秀賞

現住所
〒246－0025　神奈川県横浜市瀬谷区阿久和西1－10－1－402　阿部和己

ラッパー川柳

○

2020年11月22日　初　版

著　者
闘　苦　朗

発行人
松　岡　恭　子

発行所
新　葉　館　出　版
大阪市東成区玉津1丁目9-16 4F　〒537-0023
TEL06-4259-3777㈹　FAX06-4259-3888
https://shinyokan.jp/

印刷所
株式会社 太洋社

○

定価はカバーに表示してあります。

ISBN978-4-8237-1046-9